Loi 49956 du 16 juillet 1949,
sur les publications destinées à la jeunesse.
Dépôt légal : septembre 2009
ISBN 978-2-211-09637-9

Mise en pages : *Architexte*, Bruxelles
Photogravure : *Media Process*, Bruxelles
Imprimé en Belgique par *Daneels*

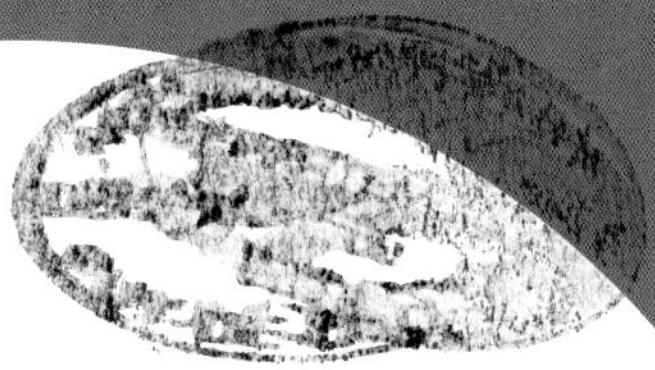

NUIT

Emmanuelle Eeckhout

Pastel
l'école des loisirs

Le ciel a allumé sa lune.
C'est la nuit.

La nuit,
le loup quitte sa tanière,
pour chasser dans les bruyères.

FORESTVILLE

La nuit,
les chauves-souris déplient leurs ailes
et dansent joyeusement dans le ciel.

La nuit,
le renard se glisse dans le poulailler.

Quelle poule choisira-t-il pour son dîner ?

La nuit,
le crapaud guette sa proie.
D'un coup de langue
il l'avalera.

La nuit,
les souris quittent leur repaire
à la recherche
d'un bout de gruyère.

La nuit,
tous les chats sont gris.

À quoi rêve celui-ci ?

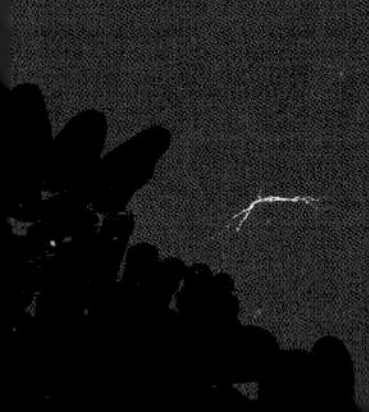

La nuit,
le petit lapin sort du terrier
et se promène dans les prés.

La nuit,
Maman hérisson
fait traverser
ses trois rejetons.

La nuit,
la petite chouette attend
le ver bien gras
que son papa apportera.

Pendant ce temps-là,
derrière la fenêtre,

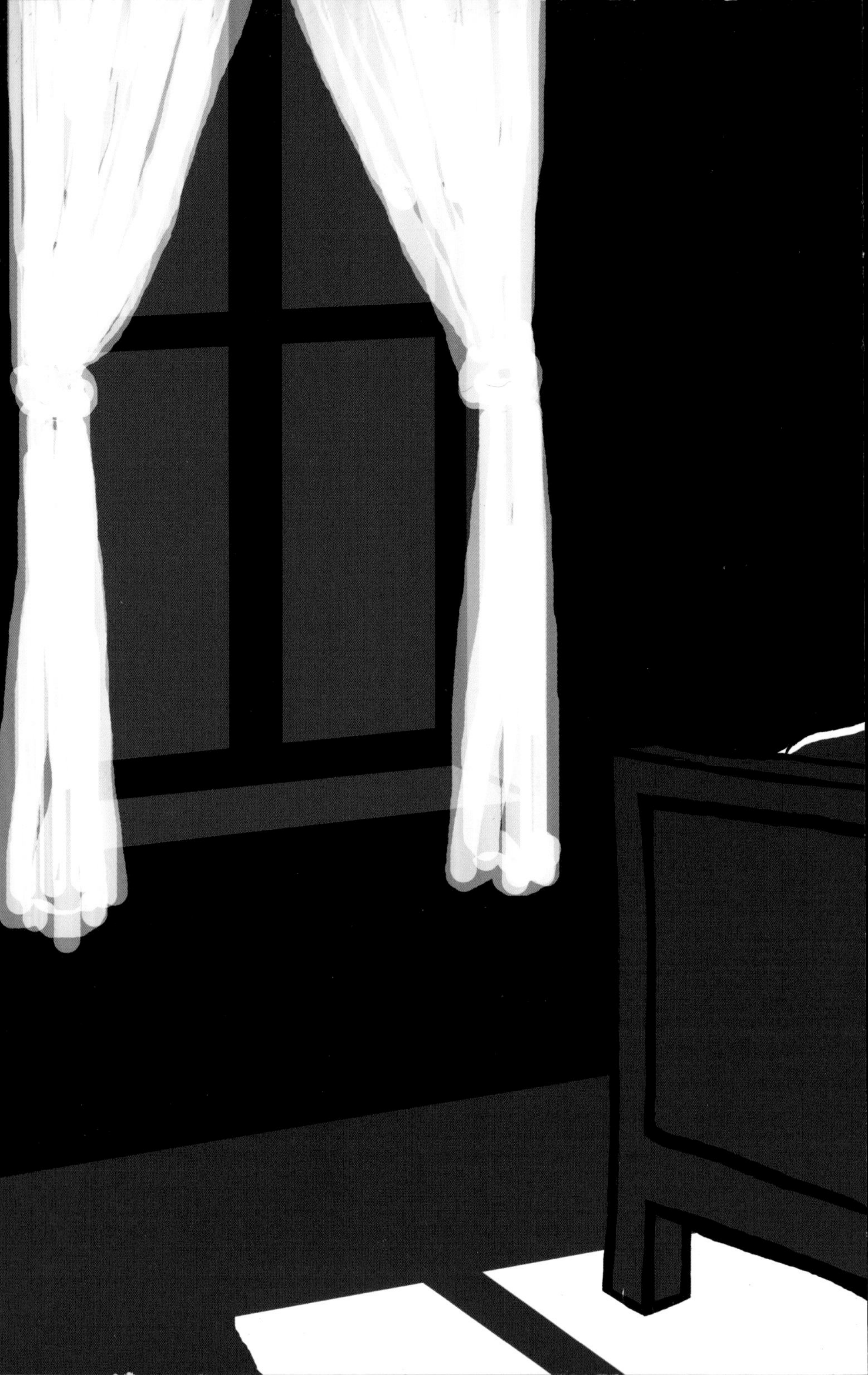

le petit d'homme dort déjà.

Bonne nuit !